别来无恙

诞生和逝世乃人生必然
晚霞和晨曦皆光照人间

江苏省红十字会 主编

东南大学出版社
SOUTHEAST UNIVERSITY PRESS
·南京·

图书在版编目(CIP)数据

别来无恙 / 江苏省红十字会主编. — 南京：东南大学出版社，2019.11
ISBN 978-7-5641-8624-1

Ⅰ. ①别… Ⅱ. ①江… Ⅲ. ①诗集-中国-当代②散文集-中国-当代③书信集-中国-当代 Ⅳ. ①I217.1

中国版本图书馆 CIP 数据核字(2019)第 247524 号

别来无恙　Bie Lai Wuyang

主　　编	江苏省红十字会
出版发行	东南大学出版社
出 版 人	江建中
社　　址	南京市四牌楼2号
邮　　编	210096
网　　址	http://www.seupress.com
责任编辑	陈潇潇
经　　销	新华书店
印　　刷	南京顺和印刷有限责任公司
开　　本	787 mm×1092 mm　1/16
印　　张	6.25
字　　数	160千字
版　　次	2019年11月第1版
印　　次	2019年11月第1次印刷
书　　号	ISBN 978-7-5641-8624-1
定　　价	40.00元

＊ 本社图书若有印装质量问题，请直接与营销部联系，电话：025-83791830。

序言

从工作性质来划分,我该是一名文艺工作者。虽说和医疗卫生本没什么交集,但生命无常,头疼脑热总是有的,加上常年伏案,四处奔波,饮酒不适量和睡眠不充分,一来二去也慢慢关心起自身健康来。在肝胆脾胃肾依次照了个遍,确信没什么大碍后,不禁感到庆幸,毕竟健康还在。

说来也是巧合,第一次真正意义上体会到器官捐献事件是因为一部叫《永不瞑目》的电视剧。两个素不相识的人,因为器官移植走到了一起,两条原本永不交织的人生轨迹就这样相遇了。故事情节不再赘述,在此之后又接触了不少同一主题的影视作品,每每触及,都会从心坎儿里冒出一股热流来,不自觉的顺着喉咙涌进了眼眶。也许这就是生命的绝妙之处,危机与奇迹并存着,痛苦和欢笑总是相伴而行。

作为一名编剧、导演、演员,"人性使然"这四个字一直是我追寻的话题,在很多个人作品里都会有所体现,但什么是"人性",不同时候却有不同的理解。开心时,"人性"是夏日里街边的免费凉茶摊,是少年宫里的大手拉小手;难过时,"人性"是朋友递来的关切目光,是暴雨天陌生人为你撑起的雨伞;绝望时,"人性"又是账户里十元二十元的捐款,更是一个生命在另一个生命体内的延续。

说实话,我为这本书作序时心里空落落的,比起那些还在以某种形式延续生命的人们,再多的词句都不足以尽述他们的

壮举，特别是在读了书中的作品后更觉如此。这是怎样的情感，我虽未曾经历，却感同身受的被它包围，温暖且踏实。生命的长短也许不由我们决定，但我们可以选择他存在及延续的方式，用文字，用语言，用舞蹈，用音乐，用某些健康指标，用毛细血管，用医生们灵巧的双手以及所有对于生命的敬畏之心。

　　为这本书取名"别来无恙"几乎是一瞬间的事，他就像两个陌生又熟悉的老朋友，分别已久的会面，平静的表面下却翻涌着多年的情谊。虽说换了模样，整了行装，却不妨碍说上一句：嗨，你还好吗？别来无恙！

　　如果生命只有一种答案，我永远相信那就是"爱"，而这本书，就是关于这个答案最好的表达之一。

冯勉

2019 年 8 月 20 日星期二

于南京 TPM 紫麓戏剧空间

写在前面的话

遗体器官捐献，简单的六个字，包含了太多的情感，沉甸甸的，这是生命的重量。这些作品，角度不同，风格不同，但是都表达了一个字——"爱"。

红十字会工作人员、协调员、志愿者、医生、捐赠者、接受者、社会普通一员，不同的群体，因为一件事——遗体器官捐献而紧密相连。于是，我们读到了《临江仙·接力生命》，看到了生命的力量和意义；读到了《志友颂》《志友之歌》，看到志愿者们为他们的付出感到认可与自豪；读到了《尽最后有用之力》《赠一株风信子予他》，看到医学生们对于生命的感怀与敬重；读到了《且听雪说》《手印》《别让我走》《你说》，看到捐献家庭背后感人至深的故事；读到了《致敬》《爱的吟唱》，看到接受者们获得新生的感恩与希望。

在一次次的努力中，我们承受着质疑与不解，也收获了一份份感动。感动是一种很宝贵的情感，我们希望可以把它化做行动力。通过多样化的形式，来宣传，来改变人们的观念。让更多的人加入遗体器官捐献的队伍。

遗体器官捐献，让生命得以延续，让死亡变得有了温度。死亡不是失去了生命，而是走出了时间。而遗体器官捐献所传递的大爱，让生命得以永恒。

感谢这一路上同行的人们。

肺移植受者　吴　玥

2018 年 12 月

序号	篇名	作者	页码
1.	临江仙·接力生命	龚 波	1
2.	志友颂	曹 凯	2
3.	志友之歌	谢野萍 余尚志	3
4.	我的捐体诗	徐士杰	4
5.	生命赞歌	全雨晴	5
6.	蓝天下的共存	高 焕	6
7.	行走的阳光	蒋 樯	7
8.	且听雪说	李鹏昌	9
9.	生命礼赞	韩静宇	11
10.	手印	龚 正	14
11.	龙城火凤凰,我为您歌唱	张秋生	16
12.	奔走于星河的星辰	单成雨	17
13.	尽最后有用之力	杨柳新	19
14.	别让我走	魏 媞	22
15.	赠一株风信子予他	郑懿纯	24
16.	你说	李秋月	26
17.	致敬	郭晓风	27
18.	爱的吟唱	李明富	28
19.	让生命永恒辉煌	钱仿柯	32
20.	争当移风易俗的带头人	真允庆	33
21.	生命永恒	钱仿柯	36
22.	永生	麻云飞	39

23. 遗躯芳献	朱可沁	41
24. 遗体捐献，红日初升，其道大光	贾　凡	43
25. 大爱无疆	张　琼	44
26. 遗体捐献，生命永续	李振宇	46
27. 我愿意	严智亮	47
28. 生	周俏俏	49
29. 魂	刘　静	51
30. 假如我的生命戛然而止	李晓麟	52
31. 重生的奇迹	李佳欣	54
32. 以爱为线	史书铭	56
33. 让生命拥有温度	司　丽	57
34. 给他的一封信	梁　爽	59
35. 爱与希望	张淑君	61
36. 重生	居瑞雯	64
37. 可爱的人	落梅花	67
38. 遗捐颂	魏丹丹	69
39. 笑颜	鲍沁如	71
40. 生命延续的挽歌	罗一纾	72
41. 心路	钱锦铧	75
42. 光	邵梦文	77
43. 写给放牛小弟的第一、二、三、四、五封信	吴　玥	79

临江仙·接力生命（三首）

龚波

【临江仙·肝胆交与有缘人】

人去心灯不灭，轮回五脏如新，
无私交与有缘人。
用时间接力，让性命移存。
礼赞冰蚕丝尽，传扬大爱精神，
往生功德报三春。
莲开苦海处，清气满乾坤。

【临江仙·大爱无疆的角膜捐献者】

门外繁花似锦，病眸只见青霜，
红尘于瞽两茫茫。
这三千世界，怎一个凄凉！
前世修来缘谊，今生素昧平常，
无私赠贻美名扬。
重生最宝贵，大爱更无疆。

【临江仙·遗体捐献是修行】

尘世光阴易老，何来万古长青？
终归缘灭似流星。
待皮囊入土，算旧债还清。
朽木亦堪大用，遗捐点亮明灯，
救人无助是修行。
真身渡苦厄，义举济苍生。

别来无恙

志友颂

曹凯

钟山巍巍兮　扬子沧沧　秦淮哺育　博爱之乡
南京志友兮　九六初创　三不两献　铸就华章
披肝沥胆兮　救死扶伤　襄助医学　慈怀德尚
中央首倡兮　开来继往　天行人道　国祚运昌
志友英灵兮　浩然激扬　万古瞻仰　世代流芳

乙未初夏

志友之歌

余尚志
谢野萍

我们是无私奉献的老百姓

我们是移风易俗的排头兵

为人民服务辛勤劳动几十年几十年

奉献,奉献

为了祖国的明天

奉献,奉献

为了祖国的明天

为了祖国美好的明天

我们是无私奉献的老百姓

我们是移风易俗的排头兵

为医学献爱心冲锋走在前走在前

奉献,奉献

为了祖国的明天

奉献,奉献

为了祖国的明天

为了祖国美好的明天

我们是无私奉献的老百姓

我们是移风易俗的排头兵

捐遗体供科研是我们最后的奉献最后的奉献

奉献,奉献

为了祖国的明天

奉献,奉献

为了祖国的明天

为了祖国美好的明天

我的捐体诗

遗体捐献者 徐士杰

七绝五首

（一）
初心不忘报国志，入党宣誓许诺言。
五十余载风雨路，甘为孺牛耘家园。

（二）
我患运动神经元，世界医疗大难题。
捐体南京医科大，期盼国医走在前。

（三）
破俗千年是我愿，时代新风敢为先。
捐躯医科平民志，传递爱心乐无边。

（四）
慈善在行不在言，奉献不居位高低。
捐体夙愿能实现，含笑酒泉乐九天。

（五）
生前不贪一分钱，死后不占一寸地。
无名小吏吐正气，忠孝两全慰祖先。

生命赞歌

全雨晴

虽然生命已经逝去,但爱和温暖还在传递;

虽然呼吸已经停止,但生命之灿烂仍在延续;

虽然思维不再跳跃,但是留下了感动和永恒。

心灵的窗户已然尘封,但有人替你欣赏这个世界的美丽,善,让心灵净化;

胸腔的滚烫不再跳动,但有人替你感受它的生生不息,爱,让心跳不止。

冰凉的身躯留下了大大小小的创口,那是你们离去前对世界的回馈?

紧闭的双眼,消瘦的面庞,是否在离去前听到亲人对你们不舍的呼唤,是否能听到被救助者的一声声感恩,那一声"走好"是否让你们带着安详的笑容离去呢?

你们向世人展现了"生如夏花之绚烂,死如秋叶之静美"的完美人生;

你们亦完美地诠释了什么是"世界以痛吻我,我却报之以歌"的伟大。

如靥的笑容永远定格,愿博爱的你们在天堂没有痛苦。

我们不知道如何去感谢你们,只能好好活着,将你们的温暖和善举永远传承下去。请相信,每一个善良大爱的人都没有真正离去,他们会化成天上耀眼的星星,守护着我们,又或是化为一颗小小的种子,继续发芽生长,开始他们第二次生命的绚烂。

谢谢你们,让我们知道天使在身边!

蓝天下的共存

高焕

一个生命的逝去必然是沉痛的
愿把这份沉痛化为爱与希望
当器官得以借他人身体散发生命活力
灵魂也将活着
没有离开这个世界
只是换一个方式在这蓝天下共存

如果我是器官捐献者
我会对接收我的器官的人说声"谢谢你"
真好
能继续和你共享一片蓝天、一个地球
往后余生我能护你一程
此去经年也请你好好爱护自己

如果我是器官接受者
我会对捐献器官的人说声"谢谢你"
你是以这种方式走进了我的生命里的啊
我慢慢地恢复、重生
是你将我从万丈深渊中救起
我会用我这一颗心脏跳动我们的生命

我们就这样彼此感谢着
逝去的将以另一种方式存在着
绽放生命之花
永开不败

行走的阳光

蒋楷

偶遇到某位只需要一个微笑就能摆脱苦难的朋友
是救吗
还是
并肩走向黑暗
如此简单
又如此煞费苦心

我要在这苍茫的天地里坚定地存在着
不要问为了谁
只不过是对生命的敬畏
想要为自己赚点高贵的尊重
或许身后的残渣还有点可取之处
不妨物尽其用
了却生前人尽其才的那桩小事

活
不说潇洒、畅快、淋漓
但求尺度、标准、原则
末了
是一片值得挥洒的尘土
指不定照亮着谁

最美的你不是生如夏花
而是在时间的长河里波澜不惊
而我
却能在美丽退却、铅华洗净之后留存世间
照拂万千

别来无恙

世廛红尘之中
缘分如同黑洞般微妙
我们怀揣着未知铿锵而来
却带着理性在韶光里行走
不曾想
每一缕阳光都来之不易
切记
不忘初心
且行且惜

且听雪说

李鹏昌

  轻轻地推开窗,天鹅绒般的雪花飘进屋里,让人不由得打了一个寒噤。外面的世界一片银装素裹,一片雪花落入掌心,冰冰的,凉凉的,融化成点点儿的水滴。世界被冰封,记忆却在苏醒。

  那年冬天,父亲意外去世了,本是温馨团结的一家顿时失去了顶梁柱,父亲的去世犹如五雷轰顶,让这个本是贫穷的家雪上加霜。母亲深爱着父亲,为了让父亲能在这个世界存活得更长久些,也为了让平生乐于助人的他帮助更多的人,毅然决然将父亲的器官捐献出去。虽然不知道谁是器官接受者,但是母亲仍相信父亲还活在这个世界上,而那些人会让父亲的生命得以延续和传递。

  同样相似的雪天,女孩儿坐在妈妈的怀里:"妈妈,看!雪!真漂亮!"妈妈只是笑笑,摸摸女孩儿的额头说:"我给你讲个故事吧,从前啊……"

  从前,在一个宁静小镇上住着一个少年和一个女孩儿,他俩是最要好的朋友。他们过着和平安宁的生活,他们和你一样,都喜欢雪。

  那年冬天,大雪连续下了三天三夜,从未停歇。小镇上从未下过雪,几乎年年风调雨顺,不逢时节的雪让庄稼颗粒无收,年轻力壮的汉子落草为寇,小镇上能吃的都被抢光了,到处都是沿街乞讨的人。

  少年是唯一没有去抢劫的人,他同其他的人一样去乞讨,哪怕明明知道不会有什么结果。雪地里能扒开找到东西吃的地方早已被抢完了,镇上不愿离开的人已经融进了雪地里,能离开的人早早就投奔亲戚去了。

  女孩儿还没走,她妈妈病了,饿了几天已是奄奄一息。少年匆匆走进女孩儿的小房子:"快看,我找到吃的了,找到吃的了!"杂乱的头发上还残留着未融化的雪花,脚掌被冻得通红,唯一的棉鞋也换了粮食给女孩儿的妈妈,手上的冻疮已然破裂流脓,所谓的吃的,也不过几根没洗过的伸筋草的草根。

  女孩儿高兴地接过草根,低下头,妈妈的眼角挂着泪,伸出犹如枯枝的手臂,慢慢地抽出一根草放到嘴里细细地咀嚼着,泪不经意间从脸颊滑落:"好吃,你们也吃,你们也快吃啊!"

  女孩儿的笑容顿时僵硬了,咽了咽口水:"那个,我们,我们已经吃过了,您就放心吃吧。那地方还有很多的,我们再去挖点儿回来。"少年也附和着说:"对的对的,我们再去挖些回来,您就慢慢吃吧。"说着,少年和女孩

别来无恙

儿走出了房间,任由妈妈如何呼唤也没回头。

雪仍旧在下,细细密密,很静,也很冷。少年牵着女孩儿的手,欲言又止,他已经没有精力再走了,几天下来,也就找到那么几根草。"对不起,我,我太自私了,你的食物都给我妈妈了。"

"没事的,你看我那么年轻力壮,还能够饿上几天的,去年奶奶去世后我吃住都在你们家,要不是你们,我怕是也活不到现在了。倒是你啊,都给你妈妈了,你吃什么啊?"

"我……我可以自己去找点吃的啊!"一听这句话,少年顿时怒了:"不行,你不许去,你就留在家里,我去给你找吃的,你就乖乖等着,相信我。"女孩儿有些惊讶,但还是点点头同意了。

少年走了,他永远无法忘记找到食物被别人抢去,自己还被打得鼻青脸肿,躺在地上半天不得动弹。雪仍旧下着,细细密密,只是空气越发的冷了。

几天之后,少年回来了,手里端着一碗米饭,已经没有人能认得他的模样,小镇里,也没有人了。他回到女孩儿的小屋,女孩儿坐在屋里,呆愣地望着村口,然而她并没有起身迎接少年,只是呆呆地望着。

"妈妈呢?"少年艰难地问道。

"妈妈……妈妈在天上呢!"女孩儿傻傻地笑着指向天空。女孩儿的脚上盖满了雪花,然而少年已然无力将她抱进屋内。少年把米饭放进女孩儿的手里,雪落进碗里,融进心里,柔柔的,很暖。投之以木桃,报之以琼瑶,因为在少年身患白血病的时候得到了帮助,父亲的骨髓在少年的身上存活。从那开始,少年就决定默默保护着女孩儿,替父亲完成遗愿。

女孩儿笑着将头靠在少年的肩膀上,安静地闭上了眼睛。雪仍旧在下,细细密密,只是柔柔的,暖暖的。

生命礼赞——献给遗体器官捐献者

韩静宇

有一种绽放叫芬芳
绽放的是小我
留下的是余香
有一种取舍叫感动
舍弃的是小我
漾起的是风尚
有一种牺牲叫奉献
牺牲的是小我
传承的是导向
有一种平凡叫伟大
平凡的是小我
折射的是阳光

又到清明
我们走近这样一群人
他们
幼者尚在襁褓
长者已逾百岁

他们生前
也许没想过向别人索求什么
却总念着自己还能帮助别人什么
他们——
在生命的最后
把自己有用的器官
馈赠给最需要的人
他们为患者
送去新生的希望
他们的每一滴血
是那样的火热滚烫

别来无恙

他们越平凡
却越能体现人性的善良
他们越简单
却越能彰显人性的高尚

他们乐于奉献
在自己即将离开后
选择让生命回归
——延续他人的生命
他们用奉献
演绎了大爱无疆
他们用壮举
书写了靓丽篇章
他们用行动
告诉我们什么叫担当
他们用无求
诠释了什么叫作力量
他们用执着
推进了医学科学事业
蒸蒸日上

感人捐献高义举
无数病人得安康
即使魂飞九天外
君体依然发光芒

苍松翠柏
花草芬芳
在这个特殊的日子里
让我们把崇高的敬意献上
也倡导全社会——
能有更多的志愿者

把捐献遗体器官精神传唱
让奉献穿越时光隧道
让善良充盈他人心房
让善举奏出和谐乐章
让善行丈量生命短长
让"人道,博爱,奉献"的精神
在中华大地上高高飘扬

手 印
——为遗体捐献者吴舫、遗体捐献志愿者谢广亚母子而作

龚 正

九月　在清江浦繁华里
一枚果实像一轮太阳
高挂在了运河边的风景里
一只苍老的手
颤颤巍巍地用食指粘上红色的印泥
坚定而勇敢地在遗体捐献表上按下鲜红的手印
手印按下的瞬间　春雷轰响在秋的季节里

98岁高龄的母亲
把70岁儿子唤到身边
语重心长地跟儿子说：
"人活在社会，总要为社会做点贡献，
我干干净净地来，
想干干净净地走，
在我百年之后，
我想捐出我的遗体。"

儿子惊愕
儿子不语
一行清泪已经挂在了眼角边
他用被病魔摧残了的干枯的手
紧紧攥住母亲的手
两双攥在一起的手
重过了千言万语

2013年的春天
100岁的母亲安详地走了
她把遗体捐给了南京医科大学作医学教学之用
又把她余存的6 000块钱捐给了原清浦区红十字会

干干净净
清清白白
坦坦荡荡
一个生命在永远离去时
将一枚爱的种子种在了我们的家园

儿子记得
当初和母亲一起按下手印时
他也把生命交给了乡亲
送走了母亲
他更是把自己融进社会的大家庭
雅安地震有他的捐款
身患癌症仍关爱着弱势群体
他知道,母亲播下的种子
在他的心中已经长成了一棵树
在树的枝头,理应挂满一串串好人的故事

百岁母亲叫吴舫
古稀儿子叫谢广亚
在清江浦的万家灯火里
他们的手印就像那火把
温暖了我们美好的心灵

别来无恙

龙城火凤凰，我为您歌唱
——为常州市遗体（器官）捐献者献歌

张秋生

小时候　遥望繁星闪烁的夜空　寻找流星划过的痕迹
妈妈说　每个人都像天上星辰　陨落时还会发出光芒
她还给我讲天方国的传说——凤凰涅槃
神话中的不死火鸟
每五百年焚为灰烬　再从灰烬中浴火重生
她以生命的终结换取人世的祥和与幸福

美丽的传说　始终伴随着我人生成长的足迹
我一直都在寻找　寻找这只美丽的凤凰
直到有一天　在齐梁故里
我真的找到了她
常州的遗体（器官）捐赠者
他们的肉体经受了巨大的痛苦和磨砺
在另一个生命中重生

有一座朴实庄重的丰碑
人道　博爱　奉献
红十字的精神在上面熠熠闪光
一本打开的生命之书
缮刻着每一个动人的故事
这些故事
正在春风化雨
让这座城市充满最温暖的力量

奔走于星河的星辰

单成雨

时间在星河间奔走
匆匆忙忙
未曾停留
却为您驻足了片刻

花开花谢潮涨潮落
是您看过的风景
江河奔涌山海呼啸
是您不忘的牵挂
浅斟低吟言笑晏晏
是您经历的悲喜

当一个人游走在人生的路上
待到死亡时
一切似乎都到了终点
这便是您的全部人生了吗
不　这还不是

在这里
我们看到了
您的生命正在以另一种方式
寄存在这个世界上
继续经历着人生

当您落笔于那张纸上的时候
我们便看到了您内心的笑容
看到了您的灵魂
以一种淡泊的样子飞向了天堂
留下躯体
以毫无保留的样子奉献全部

别来无恙

我们知道
您
并未远去
您的心依旧牵挂着这科学事业的发展

诗人说
人死后会化作天上的星辰
与时间一起在星河奔走
我们相信
那些您曾看过的星星
也会为您感动

我们也知道
您也曾犹豫
也曾遭受反对
您的勇气最终还是战胜了这些

山河万里　江山未老
春夏秋冬　四季依旧
您也还在以另一种方式陪伴着我们
雨露清新　绿叶婆娑
光影交叠　天高云淡
您也在看着这风景吧

怀念您的所有
感谢您的倾情付出
愿您在天国安好
继续看人间无限风光

尽最后有用之力

杨柳新

人人都敬畏生命,因为它们短暂而仅有一次。今天,我想和大家分享的故事,就是关于那些战胜了短暂,使自己的生命价值得到升华,实现永恒的一群人。他们用自己的躯体为医学垒起一道阶梯,用博爱的胸怀为人类竖起一座丰碑。

姑老爷是个高才生,毕业于南京大学。年轻时家里条件很差,大学求学期间,当时未过门的姑奶奶不仅在经济上尽力接济,而且帮忙照顾他的父母,有好心人劝她小心找了个陈世美,但她一直坚持了下来。最后,两人在姑老爷毕业那年结婚了。

两个人风风雨雨走过了50年,互相扶持,相濡以沫。不幸的是,姑奶奶在2010年患了骨髓增生异常综合征,不断的反复治疗,折磨得她身心俱疲。但她没有悲悲戚戚,而是不止一次地跟姑老爷讲:"走就走,无所谓,我走了,你们不要哭。"还对他说:"你瘦了,辛苦你了。"但随着病魔一次次无情地入侵,她开始慌了,在生命最后的那段日子里,她总是请求姑老爷不要离开她。这时候,姑老爷每每都会像哄小孩一样,双手紧紧握住她的手,说:"我在这儿,我在这儿。"至今仍记得我最后一次去医院看望姑奶奶时,当时姑老爷迫不得已要离开医院外出办手续,他临走前反复嘱咐姑奶奶:"你一定要等我回来哦!你一定要等我回来哦!"我看着眼前这两位都已步入古稀的老人,鼻子一下就酸了,这是一份怎样的感情!

姑奶奶最终还是走了。临近清明,我像往常一样来到她的纪念堂。看着电脑屏幕上的她,几年前那个走路蹒跚,总是冲着别人和蔼微笑的老太太恍惚间又浮现在了眼前。虔诚地献上一朵花,瞥见留言板上最新的一条留言是姑老爷前两天刚留的,说昨晚梦见她了,我的心不由一颤。缓缓地往下翻留言,"I LOVE YOU""还是忘不了你"……这些炽热的话,完全不像是一个八十岁的老人家写出来的,更像是一个热恋中的男子正向自己远方的爱人倾诉衷肠。纪念堂里,除了留言,还有两篇长长的纪念文,有亲戚朋友对她的怀念,更有对她无私奉献精神的赞美。这小小的纪念堂,盛满了老伴的牵挂,友人的思念。

早在十多年前,姑老爷和姑奶奶一起签了遗体捐赠,死后将遗体捐给南京医科大学,作为医学生的研究实验对象。这纪念堂,正是南京医科大学为每位遗体捐献的人创建的纪念网站"厚德园"中的一部分,专门供亲属悼念缅怀。其实刚开始他们两个人有这样想法的时候,子女都不太赞成,毕竟中国自古有"入土为安"的想法,反而这两个老人家,面对自己的生死倒显得更加豁达。

"走就走了吧,不想给你们添麻烦,不跟活人争土地,死后再为社会做最后一次贡献。"

有时候去看望姑奶奶和姑老爷,大人们常常有意避开这个话题,但他们却总向我们普及遗体捐献这方面的知识。小的时候,在旁边听得晕晕乎乎的,现在回忆起来,倒更加明白透彻些。人总有一死,身体终成一副空皮囊,有些人将遗体捐献给医学院校,还有一些人将身体里的器官或者组织捐给更加需要的人。对供体来说,身体的一部分仍然活着,遗爱人间。对受体而言,那是真正的重获新生,可以摆脱无休止的血透、暗无天日的失明等等,回到正常人的轨迹上来。这何尝不是一种生命的延续?人们时常觉得遗体捐赠是对孝道的一种违背,但事实上,这弘扬的是人道,彰显的是博爱,一如上海交通大学医学院实验楼前的慰灵碑上刻着的八个大字"魂归自然,功留人间",振聋发聩、引人深思。

长大后,每次想起他们,我总是由衷钦佩。尤其是在成为一名医学生后,随着接触医学越来越深,我愈加明白大体老师对医学生的重要性,对他们的这种无私奉献的精神更加敬重。"我不知道你是谁,但我知道你为了谁,你更让我们知道以后要为了谁。"这句话很多人不理解,但医学生懂。我深知,几乎所有的医学生都离不开大体老师,如果没有足够的实践训练,书本知识是不足以支撑着我们走上手术台的。学校的解剖馆内有一块神圣的土地——杏园,是我们淮医学子纪念大体老师的地方。每次前往那里,总是心怀敬畏,一位位大体老师,用自己的身躯,激励着我们一代又一代扬医人成为一名名优秀的学生。

记得很久之前,母亲就曾和我提起,说以后想捐赠遗体。我现在还能清楚地回忆起那时的心跳仿佛漏了一拍,故作轻松地问她"什么时候思想这么高尚了"。现在想来,我反而更像是七老八十的老太太,思想狭隘、迂腐教条。

大伯常劝姑老爷不要总去"厚德园",怕他睹物思人,总是伤心。但他却总说:"没事,我就上去看看,你妈在里面呢,我陪她说说话。再说,那里

也是我以后要去的地方,看见这纪念堂建得这么好,我也就放心了。"

就在我写这篇文章时,特意询问了姑老爷有关遗体捐献的原因,故事的最后,就以他当时的回答作为结尾吧。

"我用自己身体的余热挽救和照亮了别人的生命,在某种意义上不也是获得了新生吗?其实,你不必专门再来问我的,在我看来,这就是我们这些一把年纪的人,最后再为社会尽点有用之力的小事罢了。"

别让我走

魏媞

"不,别让我走,别让我走,我还想活下去!"

她双手紧抱着头,低低地呢喃着,泪水肆无忌惮地涌出眼眶,病床上宽大的病号服罩住她被病魔折磨至瘦小的身躯。21岁,是人生最灿烂、最美好、最幸福的年纪,而她却被诊出患有急性髓系白血病M2型,并被无数医生断言只剩两个月的时间了!她还要照顾为自己忙活了大半生的奶奶,还要看看这广阔的世界,还要组建一个幸福的家庭……还有好多好多的承诺等待她去完成,还有好多好多的责任等待她去承担,所有的一切都要求她不能就这样离开。可生死有命,撒旦的魔爪哪会因此就怯怯收回?渐渐地泪流干了,身体的疲惫已经由不得她再崩溃下去,她伸开了紧缩的身体,游离的目光向窗外撒去。

"噜噜"的轮椅声拉回了她的目光,是奶奶来推她去做化疗了。为了不让奶奶担心,她僵硬地弯了弯嘴,向奶奶投了一个苦涩的微笑。可是一想到自己最多只能再陪伴奶奶两个月,而奶奶今后只能自己一个人度过余生,眼泪又不争气地流了下来,而她又快速地偷偷抹去,不被奶奶发现。轮椅穿过一段又一段昏暗的走廊。突然,走廊尽头红十字会鲜艳的标识透过那些惨白的灯光刺入她的眼睛,她疲惫地抬起双眼,"遗体捐献"四个字似一股电流,瞬间麻痹了她的全身。化疗后,她拿起手机偷偷地按下了这四个字……

又是这样的一天,迎接她的总是刺鼻的消毒水和忙于各病房奔走的护士们。当奶奶来给她送早饭时,却惊喜地发现了她的变化。曾经不敢直面镜子的她,竟在对着镜子仔细地化妆;曾经连睡觉都不愿意摘下帽子的她,竟主动地摘下了帽子,露出因化疗而稀疏丑陋的头发;曾经每次化疗时表情都异常凝重的她,竟开心地与化疗医生打招呼;曾经连一口白开水都咽不下去的她,竟勉强吞下了两口米饭;曾经每天不愿离开病房的她,竟想要到花园里散散步……奶奶和她相互搀扶着,走到了花园里坐在长廊石凳上。四月的风是那样的轻柔,阳光是那样的温暖,花草是这般的生机盎然,她猛然发现自己之前为什么没有感受到生活竟如此惬意呢?

她紧握着奶奶的手,轻轻地划过那些突出的血管和磕人的老茧,垂下头,轻轻地对奶奶说:"我已经决定了,当我去世的时候我要将我的遗体捐献出去。"奶奶猛地抬起头直勾勾地盯着她的眼睛,似乎想要将她的一切心

思看穿。"奶奶,我是经过深思熟虑的,不用再劝我了,我还这么年轻,本该尽自己的努力为社会做出更多的贡献,而现在只能尽自己最后一份绵薄之力,这也算得上是自己对社会的一点回报吧!我不想也不愿意如此卑微地离开,而我死后可以通过器官的使用,使自己的生命光辉也能照亮别人的生命,这是为了支持医学科研事业给人更美好的生活,只有这样我的灵魂才能得到真正的安息。"奶奶顿了顿,拍了拍她的肩膀,眼睛里充满了无奈与怜惜。"奶奶,我想以另一种方式诠释生命的意义,拓展生命宽度,延展生命长度,如果只是化为一抔骨灰长埋黄土之中,那我也会心有不甘的。人活着不就是为了帮助别人吗?奶奶,你从小教育我,要帮助他人,而这是我最后一次通过遗体捐献来帮助别人了。"奶奶最终点了点头,抚摸着她苍白的脸庞。

第二天,在奶奶的陪同下她拿起笔在捐献申请表上庄重地写下了自己的名字,圆了自己的梦想。

走出红十字会办公室,灿烂的阳光肆意地笼罩着她,她抬头对着太阳上扬了嘴角。"我不会走的。"她喃喃地说。因为她知道自己的生命将会以另一种受人尊敬的形式,永远地留在世上……

赠一株风信子予他
——写给遗体捐赠老人张万林同志的一封信

郑懿纯

尊敬的张万林爷爷：

您好！

我是扬州大学医学院的一名大一学生，于一次扬州遗体捐献志愿者的纪念活动中听闻了您的故事，内心感触下，提笔向您写下了这封信，似有无数的话想对您讲。

4年了，世界仿佛还停留在您离开的那个时刻，苇草白头，却似乎物未是人未非，恍惚之中，那个穿着粗布衫、藏青褂子的老人似乎还在，木讷地笑着，以一双枯瘦遒劲的手一步一挪地，为他人忙活着，忙活着……

我想折下一束沾上清晨甘露的风信子赠予您，清香默默，无关风月，明明并不浓郁，却是熏醉了他人。"只要点燃生命之火，便可同享丰富人生"，这是风信子的花语，亦是您一辈子蹒跚步履下的岁月行迹。淡雅清新的色彩，那是质朴的原色，不知历经多少个年头仍旧坚固如昔，那是生命的永存。

待到风信子盛开之时，便能让人感受到生命的力量、美的延续，那是生命生生不息的象征！

您总说"我作为一个共产党人总有个职业病，这个病就是'自讨苦吃'"，而您也一直就是这般做的。苦的累的，哪怕年岁大了，也和人抢着干。社区大院儿每天提醒邻里天气冷暖的黑板报，整理着笔记资料在各个校园里向学生宣传爱国主义教育，拿着自己的"尊老金"替社区买来些公用零碎，哪个不是您？哪个没有您的参与？哪怕到了生命的最后，没有了健康，没有了去助人的精力，哪怕，除了一身骨肉，自己已匮乏得一无所有，仍傻傻地拿起那笔，在扬州大学医学院的市民捐赠遗体器官表上，义无反顾地签上了自己的名字。

世上的痴人，便是这般不图俗利，不计得失，宁可自己一片片凋落着来，一瓣瓣散落着去，也心心念念地为他人想着，哪怕剜去一身的精血，也顾不得自己，只盼着他人好，能够冷暖无忧。

有的人的生与死，便如同宇宙的昼夜，水的奔流，花果的飘零，如此这般，周而复始，也不过是自然的进程罢了。可有的人的生与死，却不限于短暂的百年止息，就像秋天里满山的芒花，不必花哨的言语，就和着对他人沉沉的惦念融入了天地，随着时间的推演自然生变——青山犹有白发的时

候,可他们却不会。

　　这些人,正如您,正如许多其他的遗体捐献者。

　　这世上原本并没有一个无寒暑的地方可以逃避生之怆、逝之悲,因此最好的方法便是捧着一颗心,替着他人水里来,火里去,不避于寒热生死,那么,生与死的桎梏自然于我们就无可奈何了! 这便是我们每个人所要悟会的事。个人的苦恼往往仅为了自己的一点琐事,在寒冷的时候怀念暑天,到了真正的热季,又觉得能冷一些就好了。晴天的时候想着雨景之美,雨季来临时,又抱怨没有好的天色,闭塞着眼,从不抬眼望望他人,从不执起自己娇养的手,为他人拭一拭汗,学着向着他人奉献一番,给予一回。如此,他们的生便也仅是活着,生命的真味便被蹉跎了。

　　活在苦中,活在乐中;活在生的凋零,也活在生的盛放;活在给予,活在自在;生的止息并不以脉搏的跳动为界,而是以奉献的深度为涯。这是一株风信子的生命得以延续的最好的方法。

　　风信子的相赠,并非相送,而是一种相映,能够映出互相的光与美。

敬礼!

郑懿纯

你说

李秋月

你说,你要捐献遗体。

传统告诉你,入土为安;故乡告诉你,落叶归根。亲朋好友一再规劝,可是你啊,依旧执拗,依旧坚定而毫不后悔地点亮了自己最后的光芒。

你说,你要捐献遗体。

只因为你见过那些找不到合适的器官配型而濒临死亡的病人的苍白的脸,空洞的眼里渴望能够透进一丝希望;见过亲属们内心焦灼却面露笑容地安抚病人的无奈;也见过那些由于配型手术成功后重获新生的人们眼里溢出的喜悦,同时也感受到捐献者从心底散发的满足感,那是一种久久悬着的心终于安全落地的满足啊!

你说,你要捐献遗体。

你不愿将让自己散落在大海之中,这种告别是一种对伟人的讴歌,而自己还不够资格;你不愿让自己禁锢在厚重的土壤中,如此便再无自由可言;你亦不愿纵身火海,让生命这般痛苦,在嘶吼中离去。

你想倒不如将自己献给社会,以另一种方式延续,让你们一起再去看看春去秋来,再感受人间烟火、人情冷暖。

你说,你要捐献遗体。

可是啊,那么多人,那么多反对,那么多不理解,也阻挠不了你下定决心。你说,人这一生从呱呱坠地,到蹒跚学步、意气风发、而立之年,直至垂垂老矣,这一路的风花雪月、跌宕起伏都已饱尝,生活磨砺了自己,是时候报答了。或是正值花季的孩童,或是历经沧桑的老人,或是为人称颂的英雄,或是默默无闻的底层人民,倘若因为自己,他们得以看到希望,何尝不可?

生命是一次偶然,一个个的偶然相互碰撞,擦出不一样的火花,在这个偶然的终点创造了另一次偶然,又有何不可?

致敬

郭晓风

虽然我们素未谋面,但我要向您致敬!

一纸捐献同意书,仅是白纸黑字,却流淌着鲜红的血液,讲述着一个生命的延续,记录着世间的温情。

就是您离开人世前的决定,堵住了病魔侵袭的道口,燃起了一团生息的热火,搭起了爱人相依的鹊桥,推倒了家人团聚的屏障。

我们之间本没有联系,却有了千丝万缕的关联。清晰明亮的世界,强壮有力的身体……一切的重生都是您给予的。您的成全筑成一条坚固的大坝,挡住了外界的洪水猛兽,守住了一方健康的土地。

是您在人间种下一棵永生树,使芳华永流,温暖永存。

虽然我们素未谋面,但我们要向您致敬!

您的无条件支持,推进了医疗事业的大步发展;您的无声教育,培养了一代代出色的医学生;您的无私奉献,帮助了手术台上奋斗的医生。

先进的研究因您而得以实现。

高效的治疗因您而存在意义。

优秀的医生因您而得以成就。

您是巨人,我们只是站在您肩膀上领略世界的风采,探索地球的奥秘。

我们的能力极限因您而不断拓展,您是我们的塔灯,拨开层层云雾,指引我们越走越远。

虽然我们素未谋面,但我们要向您表达最真诚的谢意!

谢谢您!

爱的吟唱

李明富

甲:王万刚,器官捐献者,仪征市大仪镇千棵村人,1982年出生,2013年9月去世,捐献了眼角膜、肾脏和肝脏。

乙:王翠萍,王万刚的母亲,仪征市大仪镇千棵村人,1962年出生。

丙、丁:器官受捐者。

甲:
突如其来的车祸
让我直接面对了死亡
妈妈呀,我心有不甘
我还年富力强
上有年迈的奶奶要赡养
中有中风的爸爸和羸弱的你
要孝顺,要供养
下有七岁的儿子要抚养
妈妈呀,我这一走
所有的重担都落在了你的肩上
妈妈,孩儿不孝啊
请你原谅

乙:
孩子,人生的路本来很漫长
可是,这一次你的颅脑受了重伤
你一倒下,我们家的天就已然塌下
往后的重担谁来担当
我的眼前满是冰霜
你的儿子整天哭爹喊娘
我也只能眼泪汪汪

丙、丁:
曾经,我们抱怨上帝不公平

让我们的器官受到了重创
人生的小舟风雨飘摇
生命的画卷黯淡无光
器官衰竭,让我们苦苦煎熬
我们以泪洗面,无比沮丧
器官移植呀
什么时候才能如愿以偿

甲:
我存活的希望十分渺茫
假如我的器官还算健康
请将它们捐献出去
给别人以希望
也许,我的眼角膜
还有心肝脾肾等内脏
能够延续别人生命的时光
妈妈呀,请你不要悲伤
你要学会坚强

乙:
孩子,你父亲说
人死如灯灭
但有一种爱隔着生死
见证生命的荣光
如果能够帮助到别人
也是你的生命以另一种方式在延长
我们知道,你曾经多次无偿献血
面对求助,你总是慷慨解囊
孩子,你放心走吧
家庭的责任我能扛
只是可怜了我的好儿郎

别来无恙

丙、丁：
当医生揭去我眼前的纱布
我看到了太阳的光芒
也看到了天堂中他微笑的面庞
当我醒来的时候
我知道我有了健全的肾脏
从此我将告别病床
奇妙的生命密码
让生命因传承而更加闪亮

甲：
如果要抛掉什么
请抛掉我曾经的过错、软弱和彷徨
连同世俗的眼光
如果要怀念我
请与我一样
在人生的休止符前，用温热的器官
将另一个生命照亮
就像把生命的种子播撒在
肥沃的土壤

乙：
孩子，我们很欣慰
已经不再惆怅
孩子，你虽死犹荣
功德无量
孩子，你在生命的终点
你用最有意义的一种方式
从人生舞台光荣退场
爱的接力永远在路上

丙、丁：
一个人的无私
给我们带来了生的希望
一个人的善良
传递着人间爱的力量
我们必须认真地活着
因为他在天堂
他的热情在我们的血液里流淌
我们必须努力地活着
因为他在我们的胸膛
我们的身体中承载着他的梦想
我们珍惜我们共同的生命
他用生命最后的柔软
让我们挺直了脊梁
人生有涯
大爱无疆

别来无恙

让生命永恒辉煌

钱仿柯

我们来自四面八方
曾奋斗在各自岗位上
共同志向把我们聚集
志愿捐遗大爱无疆

科研攻关屡屡获奖
教学育人桃李满堂
风雪高原留下足迹
战天斗地汗洒边疆

参军卫国让百姓安详
做工务农使祖国富强
涓涓细流汇成大海
共和国大厦做栋梁

火炬再亮总有熄灭时光
人生之路不会无限漫长
在最后时刻该怎样做
才能让生命永恒辉煌

为子孙后代幸福安康
为医学发展救死扶伤
造福人类我们心甘情愿
捐献遗体我们慷慨激昂

人道奉献博爱是我们理想
无私无畏无悔是我们志向
中华民族正迎来伟大复兴
我们心潮澎湃豪情高万丈

争当移风易俗的带头人

真允庆

每当人们见到刚出生的小宝宝时,总是习惯地用"长命百岁"这个词语为之祝福。其实年老高龄的人,特别是在过去,能活到百岁,为数并不是很多。在封建社会,帝王将相总妄想长生不老,好维护他们的独裁特权。据说秦始皇曾派了几十对童男童女,漂洋过海去采集所谓长寿的"仙草",最后还是以失败而告终,免不了"一命呜呼"结束皇位去见"上帝"。

我们都是唯物主义者,不会去信仰有神论。大家都知道,生、老、病、死是人生的自然规律,任何人也不能违背这一法则。但是人们只要重视身体健康,生活规律化,乐观对待人生,正确树立生死观,倒是可以达到延年益寿的目的。我国自从改革开放以来,特别是在党的十八大以后,真是国强民富,人民生活安定,生活水平显著提高,人人精神愉悦,不再受往年的"折腾",全国各地的百岁寿翁并不罕见。而且现在我国高龄老人,普遍受到党和社会的尊敬和爱戴,每人每月还能领到高龄津贴,医疗条件也有了很大的改善,使得年老的人都有幸福感。他们的心目中,正如歌词唱的那样:"我真的还想再活五百年!"

我自从退休返乡,在每年清明季节,都要去镇江郊外栗子山为父母扫墓,真是人山人海,体现了我们中国人一贯孝敬长辈的风俗,以及怀念故人的传统美德。毫无疑问,这是应该继承和发扬的。但是有些旧俗坏习,如燃烧"冥币"者有之,燃烧纸扎的"高楼大厦"者有之,更有甚者,还燃烧纸扎的"名牌轿车""电脑""电视"等等,千奇百怪,无奇不有,搞得乌烟瘴气,火烧烟缭,极不雅观。更值得重视的是,原来广阔的绿树成荫、山峦原貌,仅十来年的功夫,如今却成为满山遍野、纵横成群的坟墓,失去了锦绣河山原来的景观。若继续无止境地膨胀性发展,将会造成不可想象的土地浪费,也有损于"江南美景"的盛誉。我的家乡只是一个人口仅有几百万的中小城市,党和政府早就提倡丧事从土葬改革为火葬,眼前就呈现出了触目惊心的情景,何况我们是一个有着14亿多人口的泱泱大国,今后的丧葬事业改革,不得不令人深思。

我们国家的领导人刘少奇、周恩来、邓小平同志都为我们做出了榜样,他们逝世后的骨灰,都撒在了祖国的大海之中。我们每一个平民老百姓,也应该效仿国家领袖响应丧葬改革的模范之举,破除迷信、解放思想,做到生前努力工作、报效祖国、多做贡献,死后也不要给后人留下丝毫的经济负担,轻松地回归大自然,才是高明之举。

如今,我已耄耋之年,据近年体格检查,除患有前列腺增生及脑鸣之外,尚处于健康状态。目前的精气神和体力大大不如往年,毕竟年龄不饶人,对于后事亦应有所思考。我的一生已奉献给地质事业。回忆我24岁毕业后,分配到天津原资源勘探总队,当时原总队长黎彤教授找我个别谈话,要留我在天津总队从事研究工作。因为在大学时受到白发苍苍老教授的身教,尽管他们当时年事已高,但还要去大兴安岭调查,使我懂得搞地质找矿就必须去野外,所以我毅然要求去基层,不留念大城市的舒适生活,第一年去了五台东冶,一晃在北方工作整整四十个年头。退休后经返聘,又从事油气勘探十年,直至八十岁,才真正休息不去上班,所以总算起来是为地质事业做了半个世纪很平凡的工作。我深深体会到地质科学是和地球打交道的一门科学,地下深部还有"暗物质"未被地学界所认识,许多找矿找藏难题,尚有待从事地质工作的年轻同行去探索、去解决,这些问题也类同于医学界面对的疑难杂症、白血病和癌症一样,至今没有特效药,能起到起死回生的效果,尚有待于精明大夫和医学科学家去识破基因"密码",更有待于培养更多全能医生,具有高超的医术做到"手到病除",去挽救病人,去解除病人的痛苦,这才是一件天大的好事。既然我一辈子已奉献给地质事业,将来也应该将遗体捐献给医学事业,供科研人员研究病因造福人类,这不是从事自然科学的人应该采取的义举吗?面对现今丧葬改革的大好时机,首先要从我做起,从现在做起,争当移风易俗的带头人!

以往我一直关注的是有关找矿和找藏的地质问题,而最近在党的十九大的鼓舞下,我明白了我们都要将习近平新时代中国特色社会主义思想作为自己的行动指南,一切都要以有利于人民事业为出发点。我虽然不上班了,但思维尚清晰,生活完全能自理,所以研究的方向,也应该适应市场的需求,从找矿找藏转移到地热取能的内容,因此最近又和年轻的地质同志合作,对我国东部地热进行勘察研究。另外,我也清醒地认识到,时间对年迈的人来讲,显得格外珍贵,所以应该抓紧时间,深入思考,从头学习,克服困难,尽快完成,争取提出新颖见解。我觉得目前能够做点有益的事情心情才愉快,能够奉献微薄余力才是真正的幸福!

最近我已取得了家人和子女的支持,在镇江红十字会办理了遗体捐献

手续,并领取了"志愿捐献遗体荣誉证书"。据了解,在网上只要登录镇江遗体捐献网站,即可见到捐献者的遗像,后人可以抒写怀念之情,也可奉献逝者生前喜爱的奉品图像,以示悼念逝者的哀思。

  我是一名普通的地质技术人员,只做了一点应该做的事情,一生没有什么丰功伟绩,也没有什么豪言壮语。谨借此机会对我的家人、对我认识的北方和南方的亲朋好友以及仅有通信联系而未见过面的年轻朋友、对关心我的各级领导同志、对在地质学领域关怀或帮助我的专家学者或曾产生过争议和讨论的地质同行,一并深表谢意。对已故的原华北冶金地质勘探公司解平书记、山西冶金厅原书记关汉文以及原资源勘探总队的黎彤教授,表示深切的怀念。

别来无恙

生命永恒——情景短剧

钱仿柯

人物：傅医生——某医院主任医生。

傅琳娜——某医学院学生，傅医生之女。

地点：某医院病房。

幕启，傅医生坐在病床上。

傅琳娜（急匆匆进入病房，大声道）：爸爸，你手术后感觉怎么样？

傅医生（和蔼地回答）：娜娜，感觉很好，听我慢慢跟你说。

傅琳娜（在病床边凳子上坐下）：好，你说吧。

傅医生（缓缓地讲）：许多人都觉得，爸爸这次手术比较难，不应该让你男朋友韩医生主刀，说他还太年轻。但我知道他在学校就表现很好，尤其解剖课成绩全优，毕业后来我们医院这两年刻苦钻研，我这个指导老师亲眼看到他虚心好学、努力上进，品行端正、洁身自好，才会把他介绍给你。但是很多病人看他年轻，不愿意让他做手术，我想多给他些实践的机会，所以让他主刀，这次果然手术很顺利。

傅琳娜（兴奋地）：爸爸你没看错他。我妈妈很早就去世了，是你又当爸又当妈一手把我养大，这次能过这一关我太高兴了！

傅医生：我作为一个著名医科大学毕业有三十多年临床经验的外科医生，深知培养新人的重要，这次生病做手术前后，我围绕这个问题想了很多。

傅医生从枕头下抽出几册资料递给傅琳娜。

傅琳娜（接过来边看边念）：志愿捐献器官遗体登记表。（她突然提高声音）爸爸，你不能这样！你让我怎么忍心？我接受不了！

傅医生：娜娜，你也是医学院的学生，应该知道我这样做的意义。咱们国家由于捐献器官遗体的人太少，很多等待器官移植的人望眼欲穿；你祖母在你出生前就双目失明，她经常说的一句话是：我要是能看一眼亲孙女该多好啊！我知道，只要有一片眼角膜，我就能让她实现这个心愿，可是直到她去世也没能等到，这是我此生最大的遗憾。医学院的学

生在校期间,最好能够从头到脚完整地解剖至少一具人体标本,我这次手术能成功,很重要的因素是韩医生在校期间充分接受了解剖学的学习和训练,可目前的状况是人体标本太紧缺。就拿你们学校来说,三十个学生才能分到一具标本,每个学生的解剖操作机会太少了,今后病人要靠你们来做手术,怎么能不让人担忧啊!这件事情已经非常急迫了。

傅琳娜:问题是很严重,可是靠你一个人也解决不了啊!

傅医生:如果我们大家都只是抱怨医院和医生,却不愿意为医学事业出力,怎么可能改变局面?那么多先烈能为人民舍弃生命,我不过是今后去世时捐出遗体,老了后还能为医学事业做贡献,这是我最大的心愿。

傅琳娜:别人会怎么看啊?肯定会说我不孝顺。

傅医生:孝不孝顺老人要看生前怎么做,人死后大操大办丧事和建造豪华墓地是做给别人看的,并非真孝顺。比如现在,你能不能按我的愿望在登记表上签执行人姓名,也是考验你是不是真孝顺。

傅琳娜:好吧爸爸,既然你决定要这样做,那我签。

傅琳娜拿起笔在登记表上签名。

傅琳娜(签完后):爸爸,捐遗做解剖研究后还能把骨灰交给家属吗?

傅医生:只要家属要求当然可以。不过我劝你不要给我买墓地,你想想看,现在永久性墓地越建越多,这种状况如不改变,将来总有一天,所有的青山全变成墓地,寸草不生,飞鸟走兽灭绝,人类还怎么生存?

傅琳娜:可你连骨灰墓地都没有,以后我怎么祭奠你?

傅医生:很多地方都设立了捐遗志愿者功德园,在青山绿水环绕中,有一面纪念墙,上面刻着已故志愿者姓名,旁边的绿树花丛中撒着他们的骨灰。每年清明红十字会都会在那里举办隆重的悼念祭奠活动,会邀请志愿者家属参加。我们的城市现在虽然还没有,但有关部门正在选址建造。

傅琳娜:能这样确实很好。

别来无恙

　　傅医生：你还要记住一件事,取眼角膜之类的人体器官有一定时效,我去世后你要马上按登记表上的电话通知相关部门,不要耽误时间浪费了器官,一对眼角膜就能让好几个失明的病人重见光明,很珍贵的啊!

　　傅琳娜：好的,我记住了。

　　傅医生：这才是我的好女儿。

　　幕落,响起《生命永恒之歌》。

永生

麻云飞

黑暗
无情地降临了人间
光明
随着黑夜暗淡

它们
吞噬了一切的温暖
带来了无尽的思念
人们心中的病魔
是那样的疯狂
无情地消磨着时间
它们是锁魂的恶灵
是所有人——
心中的梦魇

可是
它们的到来
却无可避免
我们无力反抗
只能随着它们改变

这时
天使降临了人间
他们无私地奉献
不图回报
他们竭力地反抗
只求在自己有生之年
带给他人温暖

别来无恙

他们是大爱
是所有人心中最为诚挚的思念
他们赶走了病魔
用自己最后的一点光芒
照亮了整个世间

他们不曾离开
永远留在我们心中
他们从未死去
因为他们的生命
已被继续点燃

遗躯芳献

朱可沁

古有芳德　誉以沅草
承漪兰之幽蘅　继秀葭之娟靡
继而往来　窥目时今
赞遗捐盛德　盼医学荣进

虽旧有言曰
身体发肤　受之父母　岂敢毁伤
然日月轮转
知此皮肉囊身　离魂而去　执世空茫
与其过苍茫百年　泯化含混
不如赠医业伟学　以促奋然

彻晓此理　心若琼玉
皑皑如月下晴雪　澈澈如水上柏影
既切既磋　已琢且磨
决意敲确　无悔否改

净所酣眠　予身为医
缄言默然中　合目永寝时
垒医业进　朝夕日升

骨肉散温　指末逸凉
人具伟格　广显于德
心犹未去　脉淌滚血
德尚芬芬　其甘如荠
煌煌如暾耀　皎皎似琼轮
舍小爱惜己　扬大爱扩世

愿为砺巉　抬步为高

步步升　渐渐起

医业前路　永无尽止

古有芳德　誉以沅草

赞遗捐之馨风　愿医学之进益

遗体捐献，红日初升，其道大光

贾 凡

你诞生于奉献
源起于人道主义援助的奏章
你肩负着重任
寄托着博爱主义光芒的希望
在滚滚前进的历史车轮之下　你应运而生　不同凡响
在匆匆流逝的岁月长河之中　你应时而兴　步履铿锵

你穿透历史的迷雾　横渡岁月的海洋
照亮灰暗坎坷的前方
打开通向世界的门窗
故曰　遗体器官捐献之光
使命胸中藏　重任敢担当
赤心解急难　浩气永留芳
寒来暑往　无论征途多么坎坷　你夜以继日　矢志不渝　追寻延续奉献的救援梦想
秋收冬藏　无论前路多么迷茫　你敢为人先　乘风破浪　探索延续生命的妙药良方

数十载岁月悠悠　时过境迁如沧海桑田　浩浩荡荡
几十年硕果累累　峥嵘往事如璀璨星辰　光芒万丈
你的过去瞩目辉煌　你的未来势不可当
新征程　赋予新使命　新起点　带来新气象
新机遇　呼唤新作为　新时代　指引新航向
遗体捐献之光
我们愿奉献以绵薄之力为你吟唱
让你的声音不同凡响
让你的形象傲立东方
举世瞩目　盛世共襄
必将如冲天的圣火把寰宇照亮

大爱无疆

张琼

天上一颗星
地上一个你
不念贫穷或富贵
不分卓越或普通
自你决定遗捐的那刻起
早已是大爱无疆的伊始

一个无私的步伐
要用多大的勇气才能迈出
一份眷恋的感情
要有怎样的决绝才能割舍
一腔奉献的热血
要用多少个余生才能洒尽

你来了
带着一身善良
你走了
留下一世清香
你不曾离去
用平凡生命最后的光芒
照亮这世界的每个角落
你用自己的血液
泵出他人生命的甘泉
你用实际行动发声
呼吁了人们传递温情
你捐出血肉
病危的患者得到了救治
痛心的家属得到了安慰
偌大的世界感到了温暖

或许你正值青春年华
抑或是恰逢壮志凌云
然奈何命运如此残酷
你似那繁华凋零的落寞
从此人间再无一个你

这是生命的再一次延续
也是慰藉亲人的另一种方式
更加是心怀大爱的充分体现
我们向你伟大的献身精神致敬
我们为你无畏的勇气感到敬佩
安息吧
你的遗愿已经成功实现
放心吧
你的善举会被人们永远传颂

敬你今生今世不虚度
愿你往后轮回不孤单
愿你是夜空中最璀璨的明星
愿你做天堂里最快乐的天使
我愿意成为下一个你
不为赞美、不求回报
变成朝阳照人间
化为雨露润河山

别来无恙

遗体捐献,生命永续

李振宇

星辰们亮着
有人却在黑暗中走着
有人提着灯笼
照亮黑暗的路
一句句遗捐的劝告
是对思想的挑战
抑或是救赎
将生命的灯点亮
不要让人们的心冷却
生命有一种绝对

我们将迎来终结
我们可以选择继续将自己延续
身体上一个部分
可以在他人身上存在
这也是一种活着
我们也并非薄情
无奈思想阻隔
等待遗捐的人像一棵枯树
若是可以接受
枯树也可以重新发芽
甚至开枝散叶繁衍出花与蝶
冷酷就像寒冬
冷彻人的内心
我们可以接受寒冷
但我们依然向往着枯树花开

我愿意

严智亮

如果今天要和世界做一次告别

把曾经重重的担子卸下

躯壳经过烈火化为灰烬　然后深埋大地

你会不会有一丝丝的不甘心

今天和无数个昨天明天一样

风吹草暖　有花盛开　有生命呱呱坠地

也有与病痛苦苦厮磨的人

你有没有对这个世界留恋一分

有人在光明的尽头挣扎

你是否愿意给他一双眼睛

让黑暗从他的世界褪去

然后与他一起看看这个世界上你没见过的景色

有人忍受着绞痛站立在死亡的边缘

微弱的心跳支撑不起他活下去的愿望

你是否愿意让你的心脏跳动在他的胸膛

与他一起体味人间美好

也有人在学科领域的空白间不断徘徊

为了除人类病痛的目标早点实现

你是否愿意当一次他的老师

让医学的进步再快一点再多一点

别来无恙

世界浩荡广阔

而我们渺小如芥子

但是在我生命的尾巴上

我希望闪光一次

所以我愿意与你同呼吸

愿意给你生活的勇气

纵使世界荒芜

我愿意为你灿烂一春

生

周
俏
俏

当你轻轻地闭上双眼

停止呼吸

耳边亲人的哭泣和哭喊声越来越微弱时

你知道

这一世再也不能陪伴

可你并不担心

你知道

死亡并不能将你的痕迹抹去

你知道

即使血液干涸

肌肉消融

即使只剩森森白骨

你也会

永久地活在世人心中

你并不恐惧

因为你知道

那群触摸到你遗体的孩子们

会用最尊敬的姿态

让你完成在这个世界上最后的使命

因为你知道

对你而言已经无用的身躯

能够创造出更多的可能

当你躺在冰凉的操作台上时

你并未感到恐惧和寒冷

因为这是你早已做好的打算

你觉得自己仿佛还有活下去的机会

你的眼睛

你的心脏

你的精神

别来无恙

即将在另一个鲜活的生命体内

重新发热

你仿佛看到了那个孩子重见光明后的笑容

你仿佛看到了那个少年终于奔跑后的恣意

你觉得即使不能陪伴

你的亲人

只要看到这些鲜活的生命

就并不会伤感

这是你最后

能带给这个给你欢欣的世界的

亲爱的家人啊

请不要为我伤心

即使我已离去

我亦感到满足与骄傲

来生

我们再次相遇

魂

 刘
 静

那鲜红的心脏　不再搏跳

那紧闭的双眼　不再转动

那包罗万象的大脑　不再运转

那完整的躯体　也不再温润

但　您那鲜红的心脏　正在续写新的生命史诗

您那炯炯有神的双眼　也在重新打开一番世界

而您的脏器　更是在另一个生命上得以重生

您的身躯　奉献给教育与科研

您的灵魂　却也永远留在我们心中

重获光明的人们　以您的视角观摩这宏伟的世界

重获新生的孩子们　正以您的脉搏创造属于自己的光明未来

初入医门的学生们　以您的身躯踏上性命相托的大道　打开力求精进的大门

孜孜不倦的科研巨匠们　以您的捐献　而获取更多的成果与心得

正因为种种　更多的生命得到帮助　更多的灵魂被您感染

我们深深地向你们表示敬意

敬你们人道博爱的精神

敬你们无私奉献的大义

更敬你们纯净高洁的灵魂

所有失去的　都会以另一种方式归来

而你们　将伟大的失去化为可歌可泣的灵魂　以新生的方式再次惊艳世界

以一人之力　谱众人之新生

魂哉　敬也

别来无恙

假如我的生命戛然而止

李晓麟

假如有一天　我的生命戛然而止
我要完成我的心愿　捐献遗体器官
身体与灵魂本为一体
若灵魂随风飘散
空留一副皮囊又有什么意义
与其让它黯然消逝
不如用它来点燃他人生命的火种

生命并不只有一次
死亡不是最终的结局
将躯体赠予他人
难道不是换一种方式让生命延续
或许我的眼睛能帮助一个人重获光明
他会用我的眼睛继续欣赏这大千世界
看我未曾看到的
看我想要看到的
可能我的心脏能帮助一个人重启生命
他的热血将灌注进我的心脏
再从我的心脏奔涌向他的身体各处

也许他不知道我是谁
但我却能感受到他的体温
命运将我们联系在一起
这份联系无比坚固
他若存在
便是我的复苏

捐献我的肢体和器官
可以实现他人的心愿
可以实现我自己的梦想

可以挽回一个个濒临破裂的家庭
这个世界给予了我许多
如果我的生命走到了尽头
我必定要绽放最后的光辉回报这个世界

假如我的生命戛然而止
我要捐献我的一切
用爱延续生命
假如我的生命戛然而止
我要捐献我的一切
奏响生命的乐章
捐献我的一切
我期待着爱能传遍整个世界

重生的奇迹

李佳欣

有一天也许会走远
分离或是诀别
有一刻也许会思念
沉默或是心恸
从最初的晨曦到最后的晚霞
生离死别,悲欢辗转
我们任泪水铺满双眼
无言却泪满面

挣扎着向上苍祈求生命的延续
平凡的我们没有神的力量
舍子花开遍火照之路
生命的摆渡无法逆转
他曾活过啊

而现在他的生命依旧跳动着
是谁弃枯骨遗皮囊,生修道死修德
赠人明眸,见得陆离良辰
是谁看云淡笑风清,生无他求死尽余热
唤人心跳,融得半世冰霜
是谁落白发忘思量,生而无言死而壮阔
温人呼吸,祛得病弱凌轹

有那么一些人,不需要奇迹的发生
也能获得二次的新生
与其选择灰飞烟灭
不如燃烧灵魂,点亮他人生命的灯盏

当他闭上双眼与最后的明亮挥手告别
一缕阳光照临另一个角落
在这里或在对岸
继承他温暖的呼吸
拥抱生命的勇敢
陪伴一个个的日出又日落

最后的晚霞与最初的晨曦
同样可以光照人间
如果奇迹有颜色
那一定是红色

以爱为线

史书铭

细雨缓缓地滑下玻璃
深夜云朵在空中遮住点点繁星
他闭上了双眼面带微笑
美妙的歌声从天际传来
没有太多的悲伤
因为人们知道有人即将重生

暖风轻轻地拂过脸庞
午后阳光在地上洒下片片碎金
她睁开了双眼重获新生
熟悉的花香在身旁弥漫
庆祝满满的喜悦
因为人们看到生命仍在延续

无形的线在人群中穿梭
以爱为线
无私的爱将陌生的生命紧紧相连
那熟悉又陌生的触动
流淌着相同的血液
仰望同一片蔚蓝色的天空
生命从未消逝
他以另一种伟大的方式继续谱写新的篇章

让生命拥有温度

司丽

当生命即将落叶归根
那无私的爱让它又重新发芽
当素未相识的鲜活不再生动
却在世界的某个角落
让年华再次跳动

当绝望成为整片天空
爱　奉献　心甘情愿做清风
吹散所有的阴霾
当生死取决于一掷
向左还是向右
心早已给出了答案

当人生戛然而止
当生命无处安放
跳动的脉搏开始变得微弱
美好的心灵让这世界的独特再次扎根

当生命整休不再
一个个的组成也在新的地方安稳
是无私　是善良
让素未谋面的生命再次回暖

别来无恙

感谢平凡朴实的伟大

让小家再次拥有光芒

让死亡不再归来

让笑脸充斥蓝天

生命本有温度

而爱让它再次燃烧

散发最热的光亮

活出新的未来

给他的一封信

梁 爽

路边的小花一簇簇拥抱着

是黄的还是蓝的　是否还有露珠点缀

小区的早餐店冒着腾腾热气

今天还有豆浆和烧卖吗

没关系

双眸告诉我草丛的那一隅有多美好

即使角膜上已有点点针孔

心脏让我感受到店里老奶奶的微笑有多温暖

就算血管大小不一

那一刻

器官捐献让我再次触碰这个世界

我从不知道你的模样

只是在病床上

这一边　我签下捐献同意书

那一边　你签下手术同意书

便结下跨越距离　生死的缘分

所以我想象得到你有多么坚强可爱

我悄悄离开

没关系　我的人生已有无限意义

因此　你要好好活着

过简单幸福善良的生活

别来无恙

感谢你让我知道死亡不是人生的终点

感谢你让我们亲人悲伤的泪水中多一丝欣慰

如今，我的器官流淌着你的血液

借此去追寻世间我仍留念和未见到的那一丝一毫

也许是一朵小花　一杯豆浆

也许是去回应老奶奶的微笑

还有好多好多人的……

只想有一天

我可以拉着你的手

大声地告诉每一个人

我好着呢

这世界我爱着呢

爱与希望

张淑君

感人捐献已萌芽
无数病人得富康
即使魂飞九天外
君体依旧发光芒

他的生命以另一种方式延续
像快要熄灭的烛火
因为这慷慨无私的奉献
再次摇曳着生命的火苗

万物都得消逝
唯有美好而正直的灵魂
犹如干燥备用的木料　永不走样
纵然整个世界变成灰烬
它依然流光溢彩

心怀大爱捐肝胆
传递中华义气歌
堪比捐躯真勇士
化成朝日照长河
遗留下平凡的身躯
体现了高尚之灵魂
器重于泰山之巅峰
观至于人生之延续
捐出了不凡的价值
献给了伟岸的事业

别来无恙

鲜红流淌着的

是传递的温热的关爱

有力跳动着的

是你我未曾谋面的默契信号

以博爱之名　为他人点亮生命的火花

以奉献为名　为他人扬起生命的风帆

是素昧平生的有缘人哪

愿你带着希冀与爱

勇敢地走下去

愿你往后余生　繁花似锦

他们说

人的生命只有一次

他们说

死亡就意味着结束

他们说

六尺之下天人永隔

他们说

死生虚诞入土为安

但　生命的长度可以被延伸

但　死亡的尽头依然有光芒

已经合上的双眼可以重见光明

已经冰冷的心脏可以重新滚烫

让血液再次流动　让脉搏重新有力

听　是呼吸的扩张收缩

看　是循环的彼此往复

从今以后　你我不再孤单
陪伴　行走这人间
扶持　拼搏在天地
逆着时光走来
不离不弃　生死相依
逝者虽已矣　来者犹可追
但为生之炬　不做一捧沙

重生

居瑞雯

我醒在一个午后，
热烈的阳光伴着蓬勃的青草香，
一起冲进了气氛沉闷的房间，
这好像是个病房。

我还记得沉睡之前听到的哭泣和自责，
还能记得渐渐沉重的呼吸，
胸腔的起伏变得缓慢而无力，
仿佛有黑烟缭绕的钩子伸来，
残存的清醒活力也逐渐消散。
急匆匆的脚步声，
推车晃荡的声音，
电流开始在周围流淌，
记忆开始茫然残缺，
"救救她，她还那么小啊！"
"妈妈，对不起……"
"对不起……"

一双手小心翼翼地将我捧出，
离开了那个生活了快十六年的身体，
她怎么了？
我要去哪？
一旁的女人低着头捂着嘴哭泣，
搂着她肩膀的男人眼里尽是绝望。
我突然感到不舍，
再看一眼吧，多看一眼，

冥冥中好像听到她告诉我：
"以后替我看着吧！"
"不要忘记他们！"
"多看看他们。"
"哪怕，只有几眼！"

干燥、温暖、静谧的房间，
没有过去兵荒马乱的匆匆脚步声，
没有手推车穿行停歇的声音，
没有刻意压制的小声争执，
门外拐角处低声的呜咽渐渐清晰：
"我不知道怎么感谢你们。"
"本来都已经绝望了。"
"这是我们两个家庭共同的孩子。"
"她的心脏会记得的！"
"孩子的心里都是爸爸妈妈啊！"

是了，是了，我想起来了：
我是一颗心脏，
那个姑娘还是没有熬过病痛，
却毅然决然地签下了器官捐献书。
"哪怕我不在了，
我健康的心脏也要让别人继续呼吸。"
"我的生命以另一种方式存在，
爸爸妈妈不要伤心。"
黑暗吞噬了那个生命，
但是希望在另一个躯体变得强盛。

别来无恙

那个充满爱的孩子离开了，
留下爱的种子，
播撒在另一个摇摇欲坠的家庭里，
"茁壮生长吧。"她说……
于是细小的藤蔓伸长，
风雨飘摇中守住了微弱的光亮，
这是摇曳的烛火，
细小闪烁；
也是爱的萤火；
成千上万的聚集，
照耀了归路。

可爱的人

落梅花

我知道了死亡的无能
它像一声哨响
那么短暂
科技的发展与爱的力量
创造奇迹　用自己的力量让他人继续生存

乐于奉献
在自己离开后
以另一种形式延续自己的生命
如落红化泥
如雪中送炭
如清风轻抚这世界的温柔
如云卷点缀这苍穹的纯净
热爱生命　渴望存在
所以赠人玫瑰留余香芬芳这人间

用自己的眼睛
让你看到五彩缤纷的大千世界
轻易地分辨白天黑夜
掀开上帝遮住的眼帘
领略四季的变换
阅读浩瀚的书海

光明　是通往天堂的圣光
光明　是走向尘世的阳光

用自己的心
做一场生命的解救
让你感受生命跳动的节奏
感受人世间的美好

别来无恙

它不再以元素形式随风而散
它真实地存在着
强烈地跳动着
于我　于你
都是生命的继续

我知道死亡的无能
又晓得生存的美好
一朵枯萎的花
回到大地
世界重又安定
人群复有笑容

可爱的人们哪
你们存在
存在于血液中
诉说着遥远的一切

遗捐颂

魏丹丹

终生纯洁　忠贞职守
是南丁格尔不变的承诺
健康所系　性命相托
是通医学子铮铮的誓言

你善良　纯洁
你敬业　奉献
遗体捐献是你伟大的壮举
岁月忙碌
你依旧普惠民生
和你相遇
是我的小幸运
我要歌唱
为生命喜悦
向西　你逐退残阳
向北　你唤醒芬芳
万物都歌颂你的慈善
天地皆诉说你的恩德

兰棹稳
草衣轻
只钓鲈鱼不钓名
是你不改初心的践行
不乱于心
不困于情
如此安好
是你心如止水的表现

流年岁月
是送遗捐

别来无恙

你的生命在延续
你的精神在传承

生将定循思邈心
殁又延续自己身
你的精神是星空中永远闪烁的恒星
你的行动是迷雾里坚定站立的灯塔

延续生命
是你极高寒的理想
大医精诚
是你极热烈的感情

头顶浩瀚的灿烂星空
心中崇高的道德法则
皆是你的敬畏心

你地位崇高
却不屑与夏洛克为伍
你知识渊博
却不愿与方鸿渐一起过着"围城"人生

小　是外在的物
大　是内在的心
你在小亭而尽观天下
你泛舟小河而浮沉乾坤

你与岁月一样　言不由衷
你与岁月一起　乐在其中

笑颜

鲍沁如

你的眼
看过太阳　见过月亮
你的皮肤
抚过鲜花　摸过小草
你的心脏
感受过情　体会过爱

生命消散
捐献抓住了最后一丝光亮

那个初见世界的孩子眼中
金灿灿的太阳　银闪闪的月亮
真美啊
那个火中逃生的姑娘脸上
妖艳的花儿　娇嫩的小草
翩翩起舞
那个撒开腿奔跑的男孩心里
规律的跳动　激烈的情感
泪溢出了眼眶

风吹过桌上的书本　哗哗作响
是照着你的模子画出的结构
渴望知识的眼睛　紧紧注视
是组成你骨架的骨头
握住解剖刀　郑重地划开
是你的血肉

不痛　生命已逝
笑颜　是为延续
以吾之体
换汝笑颜

生命延续的挽歌

罗一纾

有的人死了
但他还活着

万物存在皆有终
有灭亦有生
生亦归于寂
起落
乃形态状态之不断变化
譬如灵魂之六道轮回
寂灭
为形态状态之永久停留
恰似死亡之不可逆转

躯体为寂者
非人力可回天
灵魂为生者
灭可迎新生

人道　身体发肤，受之父母
佛曰
救人一命，胜造七级浮屠
一念智即般若生
生当立身行道
死亦毁身行善

于是　一切腐朽化为神奇
残破的躯体
谱写出生命延续的神话

听
移植心脏的律动多么规律
看
肾脏移植患者的面色逐渐红润
嗅
肝脏衰竭患者口中已无腐臭
赞
捐献的角膜可以继续凝望这大千世界

躯体幻灭
精神永存
器官捐献
挽救的何止功能和生命
更是
一个家庭
一个民族
一个社会

为器官捐献者唱一曲挽歌吧
遗体残破
奉献无私
善念成全
大爱无疆
延续的
是他人的生命
永生的
是自己的灵魂
创造的
是属于捐献者和移植者共同的奇迹
从此
两个生命
休戚与共

别来无恙

息息相关
你在我中生
我因你而活

生时以心修德
死后以体修德
修行之路不断
挽歌唱罢笙歌四起

心路

钱锦铧

初生　初生　初生
血红的太阳升起
伴随那有节奏的跳动
我似乎有了意识
有了那这个世界最懵懂的感知

成长　成长　成长
无人知晓我的模样
而我
只知道我最喜爱的事
便是那跳动
不停不息地跳动
这好像就是我存在的缘由

奔跑　奔跑　奔跑
美好的生活才刚刚开始
我要去感受那美好的世界
让那温暖的风吹拂我的面庞
还有很多的东西等我去探索
我将一直一直地奔跑

崩塌　崩塌　崩塌
忽然之间一切都黯淡下来
这个世界开始溃散
一切的一切都将不复存在
在这红色的世界中是那么的熟悉
熟悉的我不想离去

别来无恙

轮回　轮回　轮回
为何我终将陷入那无尽的轮回
不！我不想回去
回到那阴森的黑暗当中
那里除了冰冷一无所有

呼唤　呼唤　呼唤
有人在呼唤我
是谁　是她吗
她需要我
对　她需要我
她的声音是那么甜蜜
她的生命是那么美好
她不应该同我一样坠入黑暗

延续　延续　延续
她是那么的美好
即使我将永远离去
我也愿倾尽所有
我想把我的心给她
让她代替我随风奔跑

重生　重生　重生
曙光照向了我
我在那镀金的光亮中慢慢沉睡
意识逐渐淡去
但我知道我仍有一份清灵存于她
她将带着我的心继续奔跑
拥抱那美好的世界

光

邵梦文

你走了
你来了
带着一束人道的光
遣走悲伤，驱散迷惘
授以鲜活肢体奔忙
不怕心头有雨　眼底成霜
让人把这世界张望
看百鸟飞翔　万物琳琅
用爱亲吻残缺世界的伤疤
为这漫漫余生添一道光

你消失了
却永远存在
生命戛然而止　又悄然生息
奉献着全部光辉　支撑着生命的杠杆
你赠世界一双眼
撑起这世界的万古长眸
你赠世界一双腿
跨过万水千山
你赠世界所有
却扬起灰尘　孑然一身

你微小
却博爱
高举生命之光

别来无恙

战斗在没有硝烟的战场上

日月星辰会为你记得

人道为本　博爱为怀　奉献为荣

那是你伟岸的身影

那是你不灭的灵魂

那是你生生不息的光辉

遗捐大爱　诚可贵

写给放牛小弟的第一封信

吴玥

无法见面的放牛小弟：

你好！

今天是你的双肺与我共同生活一周年的日子，时间就这么在反复无常中过来了。至今，我都很感谢你的家人，无论出于什么样的原因，他们的善意之举救了我。而你的生命也在不同的人身上延续，真的很神奇。我想，善良如你，会理解父母的决定，也不会责怪他们吧。

我们从未谋面，但从陈院长的口中我知道你比我小，所以就是我的弟弟吧。我时常想象你的模样，黝黑的皮肤，壮实的身材，笑起来会露出白白的牙齿，淳朴而懂事。对于你的意外离世，我很遗憾，我希望你走的时候没有太多痛苦。

我很想带你看看这个世界，它远比你曾经拥有的那个广阔很多，也复杂许多。我希望你能在看过之后，依旧热爱生活，做简单真实的自己。

这一年，你跟着我经历了不同的状况。在起初不断哭泣的日子里，我觉得很愧疚，白白辜负你这么好的肺源。痛苦的原因，你一定明白，但是你只能默默陪伴。终于有一天，我觉得需要改变了，我就让自己狠狠地大哭一场，不断地向你说着"对不起"。从那天以后，我再也不轻易让眼泪掉下来，你也看到了我的努力吧。为了自己，也为了你。有时，会觉得你曾经这么好的身体状况，给了我不小的压力。于是，有意无意地和你说说话，慢慢地，压力也转化成动力了。除了父母朋友，你是让我坚持走下来的原因，你也是我最忠实的倾听者。这样的行为会不会很傻？

放牛小弟，我曾有过去拜访你的家乡、你的父母的念头。后来放弃了，一是我的体力还不足以去做这件事；二是不知我的贸然前往会不会再次揭开你父母心口的伤疤，让他们陷入伤心的回忆。有些事情，不能刻意，不如相忘于江湖吧。

这一年，姐姐最大的感触就是：自己做不到别人也做不到的事情，不要苛求；自己能做到别人做不到的事情，不要强求。简单的道理，说不定你做得比我好。

放牛小弟，我们约定吧：每一年的今天我都给你写一封信，说说我们共同经历的时光。希望这封信能有三封、五封、十封……越来越多。

别来无恙

  这一年,你跟着我受了不少苦,希望以后这样的状况越来越少,最好不再出现。我们都轻松面对每一次的不适吧。希望我们能融洽相处,我会好好爱惜。

  再次谢谢你,晚安吧。

感恩的姐姐

2014 年 8 月 31 日

写给放牛小弟的第二封信

吴 玥

亲爱的放牛小弟：

你好！

你知道我是一个不轻易许诺的人，因为承诺太重，而我又言出必行。现在，我又要给你写一封信了，我很高兴有这样一个机会。这是我们的一期一会。

今天是我与你的双肺共处的第二年。比起第一年，我有了很多进步。我可以进健身房运动了，步行的距离和速度都大大提升，肺功能也更好。呕吐的频次有所减少，找到了方法去控制。当然会出现新的问题，但是都能解决，也算是好消息，对吧？其实，生活就是这样，在前进的路上，你会不断遇到障碍，面对它，解决它，迈开自己的双腿跨过它。

心态上我有了一些变化。至少，这段痛苦的经历我已经可以轻描淡写地说出来了，不掩饰，不回避，坦坦荡荡，轻轻松松。你一定知道，折磨我的情愫，我释然了。体谅是最大的善意，告别是最好的开始。对于疾病，对于生活，我是个乐天派。比起愁云惨淡，我更喜欢阳光普照。这当中也有你给我的力量。每当我困惑的时候，我就让自己回到术后刚睁开眼的那个原点，想一下那个时刻的心情，然后就能重新坚定自己的方向。想想你，就会觉得这个世界是简单而充满爱的。

我很珍惜你的肺，真的可以用如获至宝来形容。医生严令禁止的事情，我一次也不会去尝试。虽然平时嘻嘻哈哈不走心的样子，但是我非常清楚我的底线在哪里，对自己负责，就是对你最好的报答。今年我也终于有机会带你去感受武汉的江滩、香港的繁华、澳门塔的刺激、古镇的简朴、影视城的神奇。你陪着我去上课，去唱歌，去健身，去写作，与有价值的人共同成长。我吹过的风，闻过的香，结识的朋友，你都了解了吗？我这么棒，你一定会为我感到骄傲。

很多时候，我不知道该怎样把你的爱传递出去，它太贵重。经历过的人感同身受，未经历的很难有共鸣。坦白说，我希望得终末期疾病需要器官移植的人越少越好，这毕竟不是一件开心的事情。如果不幸遭遇了，那么我也希望每个人如我一般否极泰来，得到命运的转机。客观地看，生命真的太伟大。在它面前，很多问题不值一提。你能想象么？一个人的器官在别人的身体里强有力地工作着，让接受者更有希望地活下去。我以前从未想过自己会是接受者,但是真的发生时,幸福来得太突然。

因为你,这个世界更加美好。我想活得久一点,带你去看更好的世界。

那么,请等着我明年的来信吧。

不曾忘记你的姐姐

2015 年 8 月 31 日

写给放牛小弟的第三封信

吴 玥

同甘共苦的放牛小弟：

你好！

请原谅我的软弱，就在几天前，我以为自己没有足够的力气给你写信。这么轻言放弃，几乎就要失信于你了。今年这封信很特别，是在我重生的无锡市人民医院给你写的。

第三年了，这是充满意外的一年。事情并没有朝着所有人预期那般美好地发展下去。除了跟朋友去周边散心几次，我们去得最多的地方是医院急诊中心。最频繁的时候，一个月去医院四次，待的天数累计起来有18天。这种煎熬不足为外人道。常有人说，那么大的手术都扛过来了，这些小问题你也能承受的。我的答案是，我并不能承受，我也不愿承受，可是我除了承受别无选择。当急诊的医生一次次告诉我，你的检查结果都是好的，我们能为你做的只有这些，止吐护胃解痉补营养，剩下的就要靠你自己的时候，我其实很无助。比我专业的人解决不了我的难题，我是失望的。第一年、第二年解决不了，我可以配合，可以等。第三年，真的到我耐心和信任的边界了，身心都在接受考验。所以这一年，伴随着身体的不适，我越来越焦虑。

还有一点令我感到恐惧的，是这一年我熟识的病友好几位都离世了。三年像一个魔咒。如果我一路平安健康地过来，我不会在意这些。可惜我并没有。呕吐的日子里抗排异药是吃不进去的，即使勉强塞下，一会儿也会吐出来。所以每个月我会有几顿药落下，即使告知了医生，也改变不了什么。我多么害怕连累到你，放牛小弟。一边担忧着胃肠道问题，一边又警惕着排异反应的出现，我心力交瘁。（再次强调，请病友术后按时按量吃药，不要心存侥幸，不要妄自调药！）

常言道，使你疲劳的不是远方的高山，而是鞋里的一粒沙。感谢我强大的神经系统和有你在的信念，放牛小弟。即便我常嚷着要放弃，但也坚持到今天了，心里还是有万般不舍与不甘吧。

也许一些待移植的病友与家属看到这里会有顾虑。倘若再给我一次选择的机会，我还是会毫不犹豫地选择双肺移植手术。人类在追求爱、自由与幸福这些事上，从没有停下过脚步。生病的日子我只能在医院与家里度过；精力充沛的时候，我去上烘焙课，听摄影讲座，进录音棚录歌，探店写

美食点评,过得丰富多彩。没有一场改变命运的手术,这些体验都不会有。没有稳定的身体状态,人生会失去很多上场的资格。最遗憾的莫过于我本可以。

这三年,看到有越来越多的家庭加入器官捐献的队伍,我由衷高兴。这些人和放牛小弟并肩,携手医护人员带领我们抗争病魔,这种大爱超越孤独与死亡。

都说三年是道坎,我跌跌撞撞、磕磕绊绊也走到了自己的三周年。以后不舒服了还是会嚷嚷,嚷嚷完了依然继续扛下去。不是因为坚强勇敢,而是因为得之不易,代价太大。

放牛小弟,这一年我没能好好照顾自己,工作也丢了,挺对不起你的心意,也让父母操心了。休养生息一阵子,再披挂重上战场吧!

每年给你写一封信,其实也是反思自己的过程。向你倾诉,不知不觉就充满了力量。这封信写了一些"残酷的真相",是因为我相信,无论现实怎样,乐观、热爱生活的人会一如既往,吓跑的永远是怯懦、意志不坚定的人。

我有信心,给你写第五封、第十封信,希望时光翩跹,初心不变。

努力照顾自己的姐姐
2016 年 8 月 31 日

写给放牛小弟的第四封信

吴 玥

共同成长的放牛小弟：

你好！

这一年，我数次有提笔给你写信的冲动。因为这一年，发生了太多事，曲折起伏，百转千回。我一直压抑自己激动的心，想着再等等，等到我们约定的日子。这一天，终于盼来了。我很高兴，今年是以这般稳定良好的状态与你交谈。

去年那封信写完没多久，我们就一起见证了无锡市人民医院肺移植中心15周年庆的庆典。那是我第一次直播，没有经验，问题很多。大家却给了我很大的鼓励与包容。从医生到病友，参与度都很高，看到那么多朝气蓬勃的脸，你有没有和我一样感慨生命延续的神奇？

不知道我在南京市鼓楼医院昏迷的时候，你的肺是如何配合呼吸机维系我的生命的。那一刻，我觉得，我最接近你要离开时的状态了。那一刻，我好像能感受到你离世前的不舍。我强烈的求生欲望和你给予的支持信念，让我在第14天晚上醒了过来。所有医生都惊呼"不可思议""奇迹"。你知道吗？有那么多厉害的医生牵挂着我的病情，他们为我祈祷，为我祝福。我知道，我不是一个人在战斗，没想到，两个人的力量竟然这样强大。

抢救回来，我就面临了一系列问题，肺部感染、吞咽功能丧失、声带受损、四肢无力，我不能进食，不能说话，不能独自坐起来躺下去。我有担忧，我把你的肺保护得那么好，可是还是让它感染了。这么多年，这是第一次感染啊。但是医生们为了救我，没有办法，你能理解的，对吧？我又"温习"了一遍肺移植手术后要做的事情，挂水治疗，鼻饲喂食，声带理疗。我的父母，从我昏迷开始到我出院，就一直守着我，跟我说话，呼唤我，给我按摩，帮我看用药时间，抱我下床上厕所……我实在睡得太久了，他们为我一下子老了那么多。我的爸爸抱我越来越吃力，可是当我能自己下地走路的那一天，他竟然开心得把我抱了起来，那种笑容我永远也忘不了。我的妈妈每夜每夜睡不着，白天累得直犯困，但是只要我一有动静，她立刻就醒了，出院的时候，我胖了，她却瘦了。我总怕我的感染治不好，拍一次胸片，我就问一次医生。各种要求我都乖乖照做，只要能治好，我不怕疼，也不怕累。感谢我们之间的互相激励，放牛小弟，最后我终于能安心地拿着我的CT报告，在心里对着你笑了。

别来无恙

　　回家没几天，我又吐了，因为过去三年的反反复复，我有经验了。可是昏迷和感染的经历，让大家都心有余悸。于是，我又去了无锡。我常说我很幸运，这次的呕吐让医生们找到了原因，对症下药，竟然控制住了。因祸得福。悬在心里的石头终于落了地。心情舒畅，食欲大增，我也一发不可收拾地胖了起来。

　　平稳度过换药期，我跟医生、护士们的革命友情也更深了。坦白说，这一年的经历比之前更加惊心动魄，可是我真真实实地看到了医护人员的不容易。当我最危险的时候，医生们轮番来病房探望我，十几分钟换一个人。我的主治医生和科室主任为了找到解决方案，几个晚上睡不好，周末主动来加班。护士们，谨慎地记录着我的各项指标，机器一有报警，她们就会进来询问。他们顶着的压力，源于那一份责任心。这份感动记在心里，我会转化成动力，更好地配合他们提出的各种治疗建议。放牛小弟，我不隐瞒你，这个社会是有不尽责的医生，也有态度不好的护士，可是我相信这是个例。大家如果因为个例而对医护人员这个群体产生偏见，从而引发矛盾，甚至产生过激的言行，是不是太不理智了呢？

　　之后的日子，我带着你一起参加了全国人体器官捐献缅怀纪念暨宣传普及活动，在那场活动上，我第一次接触到捐献者家庭、协调员以及红十字会的工作人员。我切身感受到，在器官捐献这条路上，有这么多人默默承受着误解，无怨无悔地付出着。带着证明自己的想法，我挑战了女子400米中长跑。在移植运动会上，我虽然没有取得理想的名次，但是完成比赛跑向终点时还是获得了鲜花和掌声。我也为此受邀参与了腾讯视频节目的录制。这一系列事情的发生，我有时会觉得难以想象。我做每一个决定的初衷都是你，放牛小弟。我希望让那些捐献家庭有信心，捐给我们很值得。我们的生命质量得到了大大的改善，我们的生命之花在顽强地绽放。

　　没有呕吐的生活，大家都很舒心。我可以独立去医院进行常规复查，帮助家人做做家务，读书写字唱歌聚会。中断的健身与烘焙都继续做下去。这是一种良性循环吧，身体状况好了，就可以去锻炼；合理的健身坚持下来，心肺功能就会有所提升；有了更好的体力，可以去做更多有意义的事情；交良伴做善事，心情愉悦，身体更棒了。手术出来后，我尝试了很多事情，爱好广泛。在一次次的发现自己的局限性之后，我终于找到适合自己的——学习烘焙，起初我喜欢那份从中获得的成就感，现在，我懂得享受在

这个过程中得到的内心的平静。做任何事情，一开始，都会遭受非议，伴随着旁人的担忧，但是只要你坚持，就会有收获，就会看到意义。我总是不相信，现在发现，那是因为坚持得不够久。你要有足够的耐心去努力，这样你才会看到不一样的风景。

这一年，我是没有任何旅行计划的。惊喜来得毫无征兆。当江苏卫视找到我的时候，他们提出带我去你的家乡看一看，我内心是很雀跃的。在反复确认我们遵循"双盲"原则的前提下，我开启了带你一起回家的桂林之行。一路都很顺利，我没有出现任何的水土不服。在漓江上乘着竹筏，我看着青山绿水，心里想着，我要多看一点风景，这样就能多了解你一点，我们就可以更好地适应对方。在老寨山俯瞰漓江，视野一片开阔。我深深地吸了几口气，让你的肺能多感受到家乡的气息。去龙脊梯田，我遇见了朴实的山民，听着别人的故事，我突然很钦佩你的父母。他们也许没有走出过大山，但是他们的见识、他们的魄力，超越了地理的局限。他们选择用你的生命去换取更多人的新生，这份沉甸甸的爱，伴随了多少眼泪。他们是爱你的，亲爱的弟弟。我也一样疼爱你。

遇到你之前，我只是一个平凡普通的姑娘。因为你，我的生活受到关注。越来越多的媒体联系我，越来越多的病友私聊我，我是挺高兴的，我很感谢"被人需要"。同时，我也知道自己的不足，自己的不成熟。有你在，我可以很好地守住内心，脚踏实地地去做一些真正能帮助到别人的事情。宣传器官捐献比宣扬我个人更重要。

你会不会觉得姐姐太啰嗦，絮絮叨叨了这么多？其实，我一直想送你一份礼物的。今年我30岁了，就在我重生4岁生日的今天，我决定在中国人体器官捐献微信平台上登记报名。若我以后面临死亡，我愿意把可用的器官捐献出去，在器官不能用的情况下，我还愿意捐献遗体以供医学研究。

可能，我们会失去爱，但是绝不能失去爱的能力。

也许，我们会不快乐，但是绝不能失去让自己快乐的能力。

这，才是真正属于我们的，弥足珍贵的东西。

因为有你，我多了一个视角看待世界，也更好地理解了别人。今年的复查一切都好，我很兴奋地期待着我们第五年的到来，希望不负成长不负你。

元气满满的姐姐

2017 年 8 月 31 日

别来无恙

写给放牛小弟的第五封信

吴

玥

念念不忘的放牛小弟：

你好！

五年了，站在这个时间点上，我的心情很复杂。这一年，腹稿无数，今日落笔成篇，希望自己能用平和的心态和你一起回顾走过的路。所以，这封信会有点长，你要耐心读完它。

在家里，我用自备的肺功能检测仪测了自己的 FEV1（一秒用力呼气容积）数值，屏幕显示 0.51 L，只有我手术第一年的 1/4 了。想到在医院复查时，6 分钟的步行试验，我的测试距离从 567 米减少到了 352 米。

我们知道，担心的事情还是发生了——我排异了。

发现的时候，是在去年 12 月。医生们用了一个月的时间，通过抽血化验、各种检查，还有不得已的肺活检，证实了我的病情。当我确认自己排异的时候，第一反应竟然是不舍，而没有想象中的惊慌与恐惧。我舍不得我们的缘分到此为止。我也很难过，我难过的是会失去你。两个生命的相遇，这般美好。突然被宣判即将结束，种种遗憾。

这五年来，尽管千般注意，万般小心，腹泻呕吐、例假紊乱、筋骨疼痛、感冒咳嗽、头晕昏迷、高血压、高胆固醇、胆结石，服药会出现的各种问题，还是都让我遇上了。我常跟医生们开玩笑，我就是活生生的"先例"，说明书上的副作用在我身上都"有例可证"。那时，还可以乐观，是因为我知道我守护好了你的肺。有了它们，我就有希望。

第一次感受到沮丧，是在激素冲击治疗失败的时候。那是最强效的治疗方法。在我忍受了噬骨般的腿痛，药水刺激血管导致的淤青以及脸部和身体的迅速肿胀之后，得到的是肺功能毫无提升的结论。我的委屈，我的不满，都化作无声的眼泪，在夜里默默抗议。那是我人生的"至暗时刻"。医生们都尽力了，命运这次没有眷顾我。我没能保护好你的肺，放牛小弟。最后的防线，失守了。以前，一次次成功的救治，让我对医生们无限崇拜。这次，他们的无奈，几度的欲言又止，让我看见白大褂神话背后的丝丝柔情。病人的痛苦挂在脸上，医生的忧虑藏在心里。住院的 81 天，我的主治医生、营养师、康复师，都积极地提供建议，为我小小的进步而高兴。他们学到的新知识、掌握的新方法，都拿来与我分享。让我即使身处低谷，也看到了伸过来的手。那时的我，没有理由放弃。

88

可是啊,人的意志,是会被生活中琐碎的细节,一点一点吞噬掉的。看着自己的身体一天一天地变差,说不伤心,那是骗人的。

从我家到最近的公交车站大约200米,我原来一口气走过去5分钟不到,现在需要10～15分钟,有时候中途还要休息一次。

我家在3楼,需要爬39级台阶。每次回家,最后9级台阶都是我的考验。我看着家门近在眼前,却只能大口喘着粗气,觉得回家的路好遥远。

每顿饭的用餐时间,我尽量控制在20分钟以内,时间久了,便会气短,坐不住。餐后还要咳痰,有时痰液黏稠,不靠别人拍背,就很难排出来。

每当我舒缓过来,都有种劫后余生的庆幸感。这其间的担忧、惊恐与羞耻感,你都和我一起体验了。我可以选择逃离人群,却躲不过你。你就是这样默默地,陪伴着,好坏全收,让我收获一点安慰。

有很长一段时间,大概三个月吧,我看不到希望。我不知道自己要如何走下去。所有喜欢的事物,突然褪了颜色,失了吸引力。每天无所事事,内心又隐隐不安。那种不能充分表达出来的痛苦,那份无法感同身受的折磨,都让我陷入了深深的孤独中。常常会想,你要是能告诉我人生的答案就好了。

我依然去读书、看电影,从别人的故事里寻求答案。说来很奇怪,在这个过程中,死亡这件事很少困扰我。自从去年志愿登记了器官捐献以后,我的内心就很笃定。死亡变得有意义,活着反而显得更加珍贵。器官捐献让生命更有价值了。找到了自我存在的价值,我又有勇气去闯关"打怪兽"了。

我们都知道,"怪兽"的级别越高,通关越难。当然,通过后的奖励也越大。我们都不知道会倒在哪一关,可是不能因为会失败就不去闯。关键在于态度,而不光看结局。器官移植无形中给了我们续命的机会。机会真的很重要,如果你没有能力牢牢把握住,那会很可惜。所以,为了能够抓住命运给的转机,我努力学会依靠自己,积累生命资本,孕育出更强的生命力。身体的受限,不能阻碍心灵向前奔跑。

在所有的肺移植病友中,我不是恢复得最平顺的,也不是生存期最长的;既没能回归到正常工作岗位,也没法去游览世界各地;还没有收获爱情,也没有组建家庭。你看,这些我都没有,可是,我还是觉得器官移植手术很值得。我的病友们做到了,我为他们骄傲,也给他们祝福。再回顾自己的前四封信,第一年,我怀抱感恩;第二年,我学会了爱自己;第三年,我明白不攀比；第四年，我做到了抓机遇；第五年，我懂得取舍。我可以不成功，但是我要成长。

器官捐献带给人们美好的希望，器官移植带给人们生命的延续，可是术后康复不是一劳永逸的。一切都是刚刚开始。经历的这些，让我打破了"不手术只能再活五年"的预言，明天开始，每一天都是赚到的。其实，这五年的每一天，都让我变成了更好的自己。

拥有来源于心底的善良与宽厚以及突破自身局限的眼界和魄力，这是你父母之爱的伟大之处。相信你也传承了这些，并影响着我。

看到的世界越大，就越知道自己的渺小。生命无常，世事难料。我不确定我给你的这封信会不会是道别信。我希望我们的故事会带来一些改变。在我们即将面对死亡时，无论是自己还是身边人，在这样悲痛的时刻，脑海里能想起有像你一样的捐献者。至少，可以觉得死亡不是那么可怕，还有一点温度。

如果最终幸运之神不站在我这边，我请求再给我一点时间，完成我的梦想。再贪心一点，能给你写出第六封信。

未知的日子，不要惊慌，提灯前行，一步一步走。走错了路，发现世界；走对了路，遇见自己。

依依不舍的姐姐

2018 年 8 月 31 日